Juan Valera

El hechicero

Barcelona **2024**
Linkgua-ediciones.com

Créditos

Título original: El hechicero.

© 2024, Red ediciones S.L.

e-mail: info@linkgua.com

Diseño de cubierta: Michel Mallard.

ISBN rústica: 978-84-9816-324-7.
ISBN ebook: 978-84-9897-947-3.

Sumario

Brevísima presentación

La vida

Juan Valera (18 de octubre de 1824, Cabra). España.

Era hijo de José Valera y Viaña, oficial de la Marina, y de Dolores Alcalá-Galiano y Pareja, marquesa de la Paniega. Tuvo dos hermanas, Sofía y Ramona y un hermanastro: José Freuller y Alcalá-Galiano.

Su padre vivió de joven en Calcuta y adoptó posiciones liberales. Por ello fue removido de su puesto. Tras la muerte de Fernando VII en 1834, el nuevo gobierno liberal fue rehabilitado y se le nombró comandante de armas de Cabra y después gobernador de Córdoba.

La madre se opuso a que Juan Valera siguiera la carrera militar. Este estudió Lengua y Filosofía en el seminario de Málaga entre 1837 y 1840 y en el colegio Sacromonte de Granada, en 1841. Luego estudió Filosofía y Derecho en la Universidad de Granada, donde se graduó en 1846.

En 1844 publicó primer libro de poemas. Leyó mucha poesía, y en particular a José de Espronceda, y a los clásicos latinos: Catulo, Propercio y Horacio. Hacia 1847 empezó a ejercer la carrera diplomática en Nápoles junto al embajador Ángel de Saavedra, duque de Rivas. Vuelto a Madrid, frecuentó las tertulias y los círculos diplomáticos a fin de conseguir un puesto como funcionario del Estado.

Así viajó por Europa y América. En Lisboa empezó su amor por la cultura portuguesa y el iberismo político. De regreso a España, empezó a escribir y publicar ensayos en 1853 en la *Revista Española de Ambos Mundos*; en 1854 fracasó en un intento de ser diputado, y por entonces estuvo en los consulados de España en Frankfurt y Dresde con el cargo de secretario de embajada.

Hacia 1857 se fue seis meses con el duque de Osuna a San Petersburgo; polemizó con Emilio Castelar en *La Discusión*, y escribió su ensayo *De la doctrina del progreso con relación a la doctrina cristiana*. Asimismo, tras ser elegido diputado por Archidona en 1858, escribió en numerosas revistas como redactor, colaborador o director.

El 5 de diciembre de 1867 se casó en París con Dolores Delavat, veinte años más joven y natural de Río de Janeiro, y tuvo tres hijos: Carlos Valera, Luis Valera y Carmen Valera, nacidos en 1869, 1870 y 1872.

Durante la Revolución española de 1868 fue un cronista de los hechos y escribió los artículos «De la revolución y la libertad religiosa» y «Sobre el concepto que hoy se forma de España».

Juan Valera fue elegido senador por Córdoba en 1872 y en ese mismo año fue director general de Instrucción pública; en 1874 publicó su obra más célebre, *Pepita Jiménez* y, en esa época, conoció a Marcelino Menéndez Pelayo, con quien hizo gran amistad.

En 1895 perdió casi por completo la vista, se jubiló y volvió a Madrid; allí publicó *Juanita la Larga* (1895), y *Morsamor* (1899); frecuentó diversas tertulias y tuvo una en su propia casa.

Valera fue elegido miembro de la Academia de Ciencias Morales y Políticas en 1904. Murió en Madrid el 18 de abril de 1905 y fue enterrado en la sacramental de San Justo.

Sus restos fueron exhumados en 1975 y llevados al cementerio de Cabra.

El hechicero

El castillo estaba en la cumbre del cerro; y, aunque en lo exterior parecía semiarruinado, se decía que en lo interior tenía aún muy elegante y cómoda vivienda, si bien poco espaciosa.

Nadie se atrevía a vivir allí, sin duda por el terror que causaba lo que del castillo se refería.

Hacía siglos que había vivido en él un tirano cruel, el poderoso Hechicero. Con sus malas artes había logrado prolongar su vida mucho más allá del término que suele conceder la naturaleza a los seres humanos.

Se aseguraba algo más singular todavía. Se aseguraba que el Hechicero no había muerto, sino que solo había cambiado la condición de su vida, de paladina y clara que era antes, en tenebrosa, oculta y apenas o rara vez perceptible. Pero ¡ay de quien acertaba a verle vagando por la selva, o repentinamente descubría su rostro, iluminado por un rayo de Luna, o, sin verle, oía su canto allá a lo lejos, en el silencio de la noche! A quien tal cosa ocurría, ora se le desconcertaba el juicio, ora solían sobrevenirle otras mil trágicas desventuras. Así es que, en veinte o treinta leguas a la redonda, era frase hecha el afirmar que había visto u oído al Hechicero todo el que andaba melancólico y desmedrado, toda muchacha ojerosa, distraída y triste, todo el que moría temprano y todo el que se daba o buscaba la muerte.

Con tan perversa fama, que persistía y se dilataba, en época en que eran los hombres más crédulos que hoy, nadie osaba habitar en el castillo. En torno de él reinaban soledad y desierto.

A su espalda estaba la serranía, con hondos valles, retorcidas cañadas y angostos desfiladeros, y con varios altos montes, cubiertos de densa arboleda, delante de los cuales el cerro del castillo parecía estar como en avanzada.

Por ningún lado, en un radio de dos leguas, se descubría habitación humana, exceptuando una modesta alquería, en el término casi del pinar, dando vista a la fachada principal del castillo, al pie del mismo cerro.

Era dueño de la alquería, y habitaba en ella desde hacía doce años, un matrimonio, en buena edad aún, procedente de la más cercana aldea.

El marido había pasado años peregrinando, comerciando o militando, según se aseguraba, allá en las Indias. Lo cierto es que había vuelto con algunos bienes de fortuna.

Muy por cima del prestigio que suele dar la riqueza (y como riqueza eran considerados su desahogo y holgura en el humilde lugar donde había nacido), resplandecían varias buenas prendas en este hombre, a quien, por suponer que había estado en las Indias, llamaban el Indiano. Tenía muy arrogante figura, era joven aún, fuerte y diestro en todos los ejercicios corporales, y parecía valiente y discreto.

Casi todas las mozas solteras del lugar le desearon para marido. Así es que él pudo elegir, y eligió a la que pasaba y era sin duda más linda, tomándola por mujer, con no pequeña envidia y hasta con acerbo dolor de algunos otros pretendientes.

El Indiano, no bien se casó, se fue a vivir con su mujer a la alquería que poco antes de casarse había comprado.

Allí poseía, criaba o se procuraba con leve fatiga cuanto hay que apetecer para campesino regalo y sano deleite. Un claro arroyo, cuyas aguas, más frescas y abundantes en verano por la derretida nieve, en varias acequias se repartían, regaba la huerta, donde se daban flores y hortalizas. En la ladera, almendros, cerezos y otros árboles frutales. Y en las orillas del arroyo y de las acequias, mastranzos, violetas y mil hierbas olorosas. Había colmenas, donde las industriosas abejas fabricaban cera y miel perfumada por el romero y el tomillo que en los circunstantes cerros nacían. El corral, lejos de la casa, estaba lleno de gallinas y de pavos; en el tinado se guarecían tres lucidas vacas que daban muy sabrosa leche; en la caballeriza, dos hermosos caballos, y en apartada pocilga, una pequeña piara de cerdos, que ya se echaban con habas, ya con las ricas bellotas de un encinar contiguo. Había, además, algunas hazas sembradas de trigo, garbanzos y judías; y, por último, allá en la hondonada un frondoso sotillo, poblado de álamos negros y de mimbreras, hacia cuyo centro iba precipitándose el arroyo y formando, ya espumantes cascadas, ya serenos remansos.

Como el Indiano era excelente cazador, liebres, perdices, patos silvestres y hasta reses mayores no faltaban en su mesa.

Así vivían, como he dicho, hacía más de doce años, marido y mujer, en santa paz y bienandanza, alegrándoles aquella soledad una preciosa y única hija que habían tenido y que rayaba en los once años.

No consta de las historias que hemos consultado, cuál fuese el nombre de esta niña; pero, a fin de facilitar nuestra narración, la llamaremos Silveria.

Bien puede asegurarse, sin exageración alguna, que Silveria era una joya; un primor de muchacha. Se había criado al aire libre, pero ni los ardores del Sol ni las otras inclemencias del cielo habían podido ofender nunca la delicadeza de su lozanía y aun infantil hermosura. Como por encanto, se mantenía limpia y espléndida la sonrosada blancura de su tez. Sus ojos eran azules como el cielo, y sus cabellos dorados como las espigas en agosto.

Acaso, cuando éramos niños, nos consintieron y mimaron mucho nuestros padres. De todos modos, ¿quién no ha conocido niños consentidos y mimados? Y, sin embargo, a nadie le será fácil concebir y encarecer lo bastante el consentimiento y el mimo de que Silveria era objeto. La madre, por dulce apatía y debilidad de carácter, la dejaba hacer cuanto se le antojaba; y, el padre, que era imperioso, como idolatraba a su hija y se enorgullecía de que se le pareciese en lo resuelta y determinada, y en la valerosa decisión con que ella procuraba siempre lograr su gusto y cumplir su real voluntad, lejos de refrenarla, solía, sin premeditar ni reflexionar, darle alas y aliento para todo. Así es que, cuando el padre se iba, y se iba a menudo, ya de caza, ya a otras excursiones, se diría que por estilo tácito transmitía a la chica todo su imperio. Parecía, pues, Silveria una pequeña reina absoluta, una emperatriz disfrazada de zagala. Por fortuna, era tan generoso y noble el temple natural de su ánimo, que ni su absolutismo menoscababa el cariño y el respeto que a su madre tenía, ni la amplia libertad de que gozaba le valía nunca para propósito que no fuese bueno.

No había en la alquería más servidumbre que la anciana nodriza de la señora, cocinera y ama de llaves a la vez; su hija, ya más que granada, la cual, aunque muy simple, trabajaba mucho y lavaba y, planchaba bien; y el viejo marido de la nodriza, que hacía de gañán, porquerizo y vaquero.

Silveria, como se había criado en aquel rústico apartamiento, sin hablar apenas sino con su gente y con sus padres, era dechado singular de candorosa inocencia. Se había formado de la naturaleza muy alegre y poético concepto, y en vez de recelar o desconfiar de algo, a todo se atrevía y de nada desconfiaba. Cuanto era natural imaginaba ella que existía para su regalo y que se deshacía para obsequiarla. ¿Cómo, pues, había de ser lo sobrenatural menos complaciente y benigno? Por eso, sin darse exacta cuenta de tal discurso, y más bien por instinto, Silveria no se asustaba ni de la oscuridad nocturna, ni de las sombras y del silencio del bosque, ni de los vagos y misteriosos ruidos que forman el agua al correr y el viento al agitar el follaje. El mismo Hechicero, de quien había oído referir mil horrores, en lugar de causarle pavor, le infundía deseo de encontrarse con él y de conocerle y tratarle. A ella se le figuraba que era calumniado y que no podía ser perverso como decían.

Contaba su madre que el Hechicero no la atormentaba ya; pero que durante los primeros años de su matrimonio y de su estancia en la alquería, la había atormentado no poco. Tal vez, de noche, ella había oído su voz entonando melancólicos cantares; tal vez había llegado hasta su oído el son triste y mágico de su melodioso violín; tal vez ella le había entrevisto, al incierto resplandor de las estrellas, cuando atravesaba la selva y llegaba a un claro, donde no había encinas, pinos ni abetos. Entonces decía la madre que la sangre se le helaba con el susto; que sentía pena, como la que deben causar los remordimientos, considerando delito el ver o el oír; y que cerraba ventanas y puertas para que el Hechicero no viniese a buscarla.

Silveria no comprendía lo que contaba su madre, o lo comprendía al revés; ni en el canto ni en el sonido del violín acertaba a distinguir nada de espantable ni de pecaminoso; y lo único que la apenaba era que aquella música, a su ver tan infundadamente medrosa, no sonase ya nunca, o, al menos, no llegase a su oído.

Sin el menor recelo, y ligera como una corza, solía, pues, Silveria salir de su casa, donde su madre andaba distraída y empleada en faenas domésticas, y recorría, saltando y brincando, todas aquellas cercanías. De lo que más gustaba era de ir al pie del castillo, que no estaba lejos, y cuyas almenas y torres y aun la fachada principal, con sus grandes ventanas ojivales, descollando sobre la masa de verdura, se divisaban bien desde el mismo cuarto en que ella dormía.

Delante del castillo había un ancho estanque de agua limpia y pura, porque el abundante arroyo que regaba la huerta, entrando y saliendo, renovaba el agua de continuo. En aquel estanque el castillo se miraba con gusto como en un espejo.

Iluminando fantásticamente su fondo y prestándole apariencias de profundidad infinita, se retrataba también en él la divina amplitud de los cielos.

Por todo alrededor había, además de las encinas y robles de la selva, sauces, higueras, granados, acacias y muy viciosa lozanía de otras plantas y hierbas.

En una fresca mañana de abril Silveria vagaba por aquel lugar solitario y oculto, cogiendo lirios, violetas y rosas, que florecían en abundancia y llenaban el ambiente con su perfume.

A deshoras oyó inesperado estrépito y fue a ocultarse entre unas matas. Entonces vio llegar a caballo a un hombre, que bajó de él y le ató a una rama por la rienda. El hombre estaba en lo mejor de su edad; vestía de negro, y bajo su sombrero con plumas y de ala ancha se descubría muy bello rostro. Era gentil su apostura. A su andar airoso resonaban las doradas espuelas.

El aspecto del forastero no era ciertamente para atemorizar a nadie; de suerte que Silveria, que ya de por sí no pecaba de tímida, salió de su escondite, y marchando hacia el recién llegado, le dijo:

—Buenos días tenga su merced.

Sorprendido el forastero de la repentina aparición, exclamó:

—¿Quién eres tú, chiquilla?

—Soy Silveria —contestó—; soy la hija del Indiano. Vivo a pocos pasos de aquí. Si no lo estorbase la arboleda, se vería desde aquí mi casa. Y el señor caballero, ¿es por ventura el encantador de quien tanto se habla?

—No, hija; yo no soy el encantador; pero ando en su busca. Y tú, dime, ¿qué hacías por aquí?

—Pues, ¿qué había yo de hacer?... Nada..., coger flores. Aquí las hay a manta..., ¡y tan bonitas! ¡Mire, mire cuántas he cogido! —y extendiendo los brazos y desplegando el delantal, le enseñaba las flores que en él tenía.

—Tome su merced las que quiera.

—Gracias —dijo el caballero.

Y tomando del delantal dos lirios de los que tenían más largo el cabo, se quitó el sombrero, puso en él los lirios al lado de las plumas y volvió a cubrirse.

Tal vez notó la chica, mientras él estaba descubierto, que su cabellera era negra y rizada en bucles, blanca y serena la frente y los ojos dulces y tristes.

Ello es que, cobrando mayor confianza, habló así Silveria:

—Aunque me moteje de sobrado curiosa, ¿quiere su merced decirme qué diantre ha venido a hacer por estos andurriales?

Cayeron en gracia al caballero el imperioso desenfado y el infantil despejo de Silveria, y le respondió sonriendo:

—Hija mía, yo he comprado este castillo, y vengo a vivir en él. Mis criados van a llegar con el equipaje. Por la impaciencia de ver el castillo me he adelantado a trote largo.

—¡Ay! Y yo que nunca le he visto, porque está cerrado con llave... Déjeme su merced que le vea.

—Pues qué, ¿no tienes miedo?

—¿Y de qué?

—Entonces puedes venir conmigo. Aquí están las llaves; abriremos y entraremos, y lo veremos todo.

Dicho y hecho. Aquel joven señor abrió la puerta, y, acompañado de Silveria, recorrió lo interior del castillo.

Luego que subieron la elegante escalera, vieron en el piso principal salas muy bien amuebladas, aunque todo cubierto de telarañas y de polvo.

Desde la ventana del centro, que estaba sobre la puerta y en la mejor sala, ambos se extasiaron al contemplar la magnífica vista. Allí se oteaban ríos y arroyos, risueñas llanuras, cortijos y aldeas distantes, y, como límite más remoto, montañas azules, cuyos picos se dibujaban o se esfumaban en el más nítido azul del aire, diáfano, sin nubes y dorado entonces por el Sol. En torno se veían, como mar de verdura, las apiñadas copas de los árboles que circundaban el castillo, y, no muy lejos, a la salida del bosque, la pequeña alquería de Silveria.

—Allí vivo yo —dijo al forastero, mostrándole la alquería con el pequeñuelo y afilado dedo índice.

Miró el forastero la alquería, y, antes de que dijese palabra, exclamó Silveria:

—¡Vaya si soy disparatada! De fijo que van a dar las nueve..., hora de almorzar. Mi padre va a chillar y a rabiar si me echa de menos. Adiós, adiós.

Y salió escapada, y bajó la escalera dando brincos.

No quiso él perseguirla ni detenerla, pero le gritó desde lo alto:

—Muchacha, ten cuidado, no te vayas a caer. Vuelve por aquí cuando quieras.

—Ya volveré, si no incomodo —contestó; y luego, mirando él de nuevo por la ventana, vio a la chica salir corriendo del castillo, cruzar por la orilla del estanque y perderse de vista bajo la enramada, donde estaba la senda más corta que a su casa conducía.

Más de una semana pasó Silveria sin volver al castillo, aunque sentía muchas ganas de volver, estimulada por el afán de saber lo que allí pasaba.

Ella había esperado que el forastero hubiese venido a visitar a sus padres como a sus únicos vecinos, o haberle encontrado a caballo o a pie, en los paseos de ella por el campo. Pero estas esperanzas le salieron vanas. Sin duda el joven señor había buscado la más completa soledad, en la cual de tal modo se complacía, que se pasaba el tiempo encerrado en su nueva mansión, invisible para todos.

Silveria, al cabo, no supo resistir a su deseo de volver a verle. Recordó que le agradaban las flores, y, cogiendo muchas de las más lindas y fragantes que había entonces en su huerta, hizo un ramillete y se fue con él al castillo.

A la puerta había un viejo criado.

—Traigo estas flores para el señor —le dijo Silveria.

El viejo criado echó mano a las flores para llevárselas.

—¡Tate, tate, atrevido! —dijo la muchacha riendo—. Yo misma he de llevar las flores. Anuncie a su amo que Silveria está aquí.

Riendo a su vez el vicio de la despótica desenvoltura de la muchacha, se fue a cumplir su mandato.

Ella le siguió hasta el pie de la escalera, y como desde allí sintiera pasos en lo alto, el viejo gritó:

—Señor, aquí está Silveria.

—Que suba, que suba —respondió el señor al punto.

No fue menester más. Silveria dio un ligero empujón al viejo, que estaba delante de ella atajándole el paso, subió los escalones de dos en dos, hizo una graciosa reverencia al forastero, que ya la aguardaba arriba, y le presentó el ramillete.

Él le tomó, diciendo mil gracias, y besó en la frente a Silveria. Luego añadió, dirigiéndose al criado que acababa de subir:

—Juan, toma estas flores..., con cuidado, no se deshojen. Ponlas en un vaso con agua. Trae bizcochos, confites y vino dulce moscatel para agasajar a mi huéspeda.

Después entraron en el salón donde Silveria lo halló todo más bonito. Ya no había telarañas ni polvo. Los muebles parecían mejores; las telas tenían más vivo color, y las maderas, lustre, bruñidas con la limpieza.

Junto a la ventana principal había un bufete, con recado de escribir, y muchos libros y papeles.

Silveria, arrellanada en un sillón, se comía un bizcocho de los que Juan le presentaba en una bandeja de plata.

—Está muy rico —dijo, y se comió dos más.

Cuando se fue el criado y Silveria se quedó sola con el amo, contestó con sencilla naturalidad a varias preguntas que éste le hizo. Juzgándose así autorizada a preguntar también, sometió al forastero a un chistoso interrogatorio:

—¿Cómo se llama su merced? —le preguntó.

—Me llamo Ricardo, para servirte.

—Para servir a Dios —repuso ella—. Y dígame su merced, ¿en qué emplea su tiempo, encerrado aquí todito el día y sin ver a nadie?

—En escribir.

—¿Y qué escribe?

—Comedias, novelas...; soy poeta.

—Vamos, ya entiendo..., tramoyas y líos de enredo divertido para entretener a la gente ociosa.

—Así es, hija mía.

—Oiga usted, ¿y cómo se arregla su merced a fin de inventar tanta maraña, sacándola de la cabeza? Difícil ha de ser el oficio. ¿Quién se le enseñó?

—El Hechicero, de quien tantas cosas has oído.

—¿Y dónde y cómo le vio su merced?

—Le vi hace años. Le perdí luego, y me temo que no he de volverle a hallar nunca.

Silveria no comprendió nada de esto, y se lo confesó al forastero con inocente franqueza.

—Con el tiempo lo comprenderás —le dijo él—; eres muy niña todavía.

Y como no le dio más explicaciones, ella se sintió lastimada y picada en el fondo de su alma, de que él, no solo la creyese ignorante, sino por lo pronto, y Dios sabía hasta cuándo, incapaz de aprender, indigna de que se le revelase misterio alguno.

Y en su sentir había allí misterio. A la verdad, la idea inmediata y distinta que ella se formaba del oficio de Ricardo, era la de que inventaba embustes ingeniosos e inofensivos que pudiesen servir de diversión apacible. Pero Silveria cavilaba mucho y su pensamiento iba deprisa y volaba al cavilar, imaginando cosas hermosamente confusas, ya que ella no atinaba entonces a expresarlas con palabras, ni podía siquiera ordenarlas en su cabeza para percibirlas mejor. Solo vagamente, discurriendo ella en cierta penumbra intelectual, notaba que las ficciones del poeta no eran mero remedo de lo que todos vemos y oímos, sino que penetraban en su honda significación, revelando no poco de lo invisible y de lo inaudito, y haciendo patentes mil tesoros que esconde la naturaleza en su seno. Pero ¿quién prestaba al poeta la llave para abrir el arca en que esos tesoros se custodian? ¿Quién le daba la cifra para interpretar el sentido encubierto de lo que dicen los seres? ¿De qué habla el viento cuando susurra entre las hojas? ¿Qué murmura el arroyo? ¿De qué cantan los pajarillos? ¿Qué cuentan, qué declaran los astros cuando nos iluminan con su luz? De seguro había de haber un ángel, un duende, un genio, un espíritu familiar que nos acudiese en todo esto. Ricardo había de estar en relación con él, había de saber evocaciones a que él obedeciese, conjuros que le sujetasen a su mandado.

Tales ensueños, y otros mil, enteramente inefables, surgían en la imaginación de Silveria y aguijoneaban su curiosidad.

Ricardo, no obstante, había dicho que era muy niña para entender en otros asuntos al parecer de menor importancia. ¿Cómo, pues, había ella de considerarse apta para iniciarse e instruirse en algo, a su vez, más recóndito y oscuro?

Silveria era modesta y prudente, a pesar de su desenfado y de su audacia, y no insistió en preguntar.

Para su consolación y sosiego, puso en lo inexplicado extraño deleite y buscó y halló en lo desconocido inagotable venero de suposiciones fantásticas, que la divertían y embelesaban.

Sus visitas a Ricardo no fueron en lo sucesivo muy frecuentes. Silveria era orgullosa, y no quería estar de más ni ser importuna o cansada; pero Ricardo la trataba bien, como a una chiquilla despejada, mimada y graciosa, y ella siguió visitándole de vez en cuando, trayéndole flores y comiéndole sus bizcochos.

Alentada por él, que le dijo que le mirase como a su hermano mayor, Silveria acabó por tutearle.

Cuando, a solas, pensaba en Ricardo, a veces le tenía grande envidia por el trato íntimo en que se figuraba que había de estar con los genios del aire o con otros seres e inteligencias sobrehumanas; a veces le tenía muchísima lástima al contemplar el aislamiento y abandono en que él vivía, sin padre ni madre que le cuidasen y mimasen como a ella la cuidaban y mimaban.

De esta suerte, fueron pasando días y días hasta que llegó el invierno con sus escarchas y hielos.

La Nochebuena quiso el Indiano obsequiar a su hija, y le compró y le trajo de la menos distante ciudad un precioso Nacimiento. Jerusalén con el templo de Salomón y el palacio de Herodes, todo de cartón pintado, estaba en lo más alto, sobre muchos peñascos, de cartón también; pedacitos de vidrio imitaban ríos y arroyos; la estrella que guiaba a los Reyes Magos aparecía atada a un alambre, y el portal de Belén figuraba en primer término.

Más de cuarenta muñequitos de barro animaban el paisaje. Herodes conversaba con la reina, asomados ambos a un balcón; Melchor, Gaspar y Baltasar iban a caballo, trotando por una vereda y guiados por la estrella maravillosa; el Niño Jesús se veía en el portal con la Virgen, San José, el buey y la mulita; pastores y zagalas se prosternaban adorando al Niño; otros cuidaban de las ovejas o de una manada de pavos; y seis o siete ángeles, vistosísimos y con alas desplegadas, al parecer de oro, anunciaban la Buena Nueva al mundo tocando sendas trompetas.

Iluminado todo esto por dos docenas lo menos de cerillas, tomaba un aspecto deslumbrador; semejaba un ascua de oro.

En extremo se holgó Silveria al ver encendido su Nacimiento. Hubo en la alquería fiesta familiar. La nodriza tocó la zambomba, y amos y criados cantaron villancicos, y patriarcal y primitivamente cenaron juntos sopa de almendras, besugo, potaje de lentejas, y para postre castañas cocidas, olorosos peros y otras frutas bien conservadas desde el otoño.

Terminada la fiesta, todos se recogieron a dormir, mucho antes de media noche; pero Silveria se sentía harto desvelada, y mil ensueños y fantasías tenían alerta y alborotaban su espíritu.

Sola en su cuarto, abrió las maderas de la ventana y se puso a mirar el cielo y los campos solitarios y silenciosos. Ni la más ligera ráfaga de viento movía las ramas. El aire, sin nubes, consentía que la Luna bañase con su pálido fulgor los montes y las copas de los árboles. Misteriosa oscuridad prevalecía donde éstos proyectaban su sombra. Alguna nieve, en el ramaje y extendida por el suelo, relucía cual bruñida plata, y al quebrarse en ella los rayos de la Luna, ya lanzaban destellos diamantinos, ya formaban iris fugaces.

Silveria contempló todo lo dicho, pero miró también el castillo, que sobresalía entre los árboles, y vio luz a través de los vidrios de la ventana principal. La lámpara ardía aún sobre el bufete, y su amigo sin duda estaba escribiendo o leyendo.

Ella tuvo entonces muy grande compasión de la soledad de su amigo; y, al pensar en que ella se había divertido tanto, mientras él había estado tan solo, se le saltaron las lágrimas. Allá en sus adentros, ponderó y encareció, además, la magnificencia y primor de su Nacimiento, y se afligió sobremanera de que Ricardo no le hubiese visto. Se sintió dominada por un irresistible deseo de lucir ante su amigo aquella maravilla artística de que era poseedora, gracias a la generosidad de su padre y sin premeditarlo nada, tomó la resolución más atrevida.

Se abrigó lo mejor que pudo, bajó la escalera de puntillas, se apoderó de la llave de la puerta, abrió y volvió a cerrar, y se encontró al raso, con bastante frío, y llevando en las manos el Nacimiento, apagado, que, por dicha, si bien tenía alguna balumba, pesaba muy poco.

Como era robusta y ágil, en menos de diez minutos se plantó en la puerta del castillo, cargada con magos, ángeles, Niño Dios, ovejas, pavos, Jerusalén y pastores.

Depositando su carga en el suelo, dio dos aldabonazos, y pronto oyó la voz del viejo Juan, diciendo:

—¿Quién llama?

—Gente de Paz. ¡Ábreme, hombre!

Juan conoció la voz, y abrió, todo espantado y santiguándose y persignándose.

—¡Ave María Purísima! ¿Qué ha sucedido? Muchacha, ¿te has vuelto loca?

—No seas tonto —replicó ella—. Yo estoy en mi juicio. Vengo a que vea tu amo esta preciosidad. Vamos a encender a escape.

Y, valiéndose de la luz que Juan traía, encendió sin detenerse las candelas todas.

—Cállate, no digas que estoy aquí. Voy a sorprender a tu amo.

Y cargando de nuevo con el Nacimiento, ya todo refulgente, subió Silveria la escalera.

El poeta, con los codos sobre la mesa y absorto en sus meditaciones, no había sentido nada.

Silveria entró, se acercó a él sin hacer ruido, y cuando estuvo a cortísima distancia, recordó lo que el ángel principal llevaba escrito en un cartoncillo, pendiente de la trompeta, y con voz argentina y melodiosa, lo dijo como saludo:

—¡Gloria a Dios en las alturas y paz en la tierra a los hombres de buena voluntad!

Maravillado el poeta, se puso de pie de un salto, y la muchacha, adelantándose rápidamente, colocó sobre la mesa la luminosa y sencilla representación del sagrado misterio.

—¡Vamos! —exclamó—. Confiesa que es muy bonito.

Ricardo lo miró todo, por un breve instante, sin decir palabra. Luego miró a Silveria y dijo:

—¡Ya lo creo..., es un prodigio!

Y asiendo a la chica por la cintura con ambas manos, la levantó a pulso en el aire, la chilló, la brincó y le dio en las frescas mejillas media docena de besos sonoros.

Enseguida la reprendió suave y paternalmente por el audaz desatino de haberse escapado de su casa, viniéndose sola a media noche por entre los pinos. Ella le oyó compungida, pero no arrepentida.

No por eso dejó él de mirar de nuevo el Nacimiento, celebrándole mucho. Después apagó a soplos todas las candelas, se puso la capa y el sombrero hizo que Juan le acompañase, cargado con el Nacimiento, y, tomando a Silveria de la diestra, y en su izquierda una linterna encendida, llevó a la chica a casa de sus padres, donde la hizo entrar, donde Juan dejó el Nacimiento y de donde no se retiró hasta que Silveria quedó dentro y echó la llave.

Pasó tiempo, y las visitas de Silveria y sus coloquios con el poeta no se hicieron más frecuentes. Harto notaba ella, apesadumbrada, aunque sin enojo, que él le hablaba siempre de niñerías, que no se dignaba leerle nada de sus obras, y que no llegaba nunca a explicarle los arcanos procedimientos de su arte.

Pero Silveria, que tenía mucho orgullo, culpaba de todo a sus cortos años, y se afligía poco, porque era confiada, jovial y alegre, y no se afligía sino con sobrado motivo.

Jamás hablaba el poeta de sus escritos, contentándose con saber, por Juan, que en la capital del reino eran cada vez más celebrados, proporcionando a su autor envidiable fama.

Ricardo se ausentaba con frecuencia; iba a la capital, pasaba allí algunos meses y volvía a su retiro.

Apenas volvía, acudía Silveria a verle, y él la encontraba tan niña, tan graciosa y tan inocente como la había dejado.

Aconteció, no obstante, que en una de esas excursiones, Ricardo tardaba mucho en volver. Silveria preguntaba a Juan, que había quedado guardando el castillo, cuándo volvería su amo, y, por las respuestas que de Juan recibía, calculaba que iba el Poeta a tardar mucho, que acaso ya no volvería jamás.

Así transcurrieron, no dos o tres meses, como en otras ausencias, sino más de cinco años; pero Silveria distaba infinito de olvidar al poeta. Siempre le tenía presente en la memoria, y aun le veía en sueños. Y si bien le causaba amarga tristeza la desesperanza de volver a verle en realidad, la energía sana y la noble serenidad de su espíritu se sobreponían a todas las penas. Por Juan sabía, además, y esto la consolaba, que Ricardo estaba bien de salud y que alcanzaba brillantes triunfos allá en remotos países.

Ella también triunfaba, a su modo, en aquel apartado retiro en que vivía. Gloriosa transformación y vernal desenvolvimiento hubo en todo su ser. Estaba otra, aunque más bella. Creció hasta ser casi tan alta como su padre; su cabeza parecía, en proporción del resto del cuerpo, más pequeñita y mejor plantada sobre el gracioso cuello, cuyo elegante contorno quedaba descubierto por la cabellera rubia, no caída ya en trenzas sobre la espalda, sino recogida en rodete; los ricillos ensortijados, que flotaban sueltos por detrás, hacían el cuello más lindo aún, como si vertiesen, sobre apretada leche teñida con fresas, lluvia de oro en hilos y de canela en polvo; la majestad gallarda de su ademán y de sus pasos indicaba la salud y el brío de sus miembros todos; la armonía divina de sus formas se revelaban a través de la ceñida vestidura, y, agitándose su firme pecho, se levantaba en curva suave.

En resolución, Silveria era ya una hermosísima mujer; pero tan inocente y pura como cuando niña.

La madre, al ver a Silveria en edad tan sazonada y florida, excitó al Indiano a salir de aquella soledad y a irse a vivir en la aldea o en población mayor y más rica, a fin de hallar un buen novio con quien la chica se casase; pero el Indiano se oponía siempre a tal proyecto y le condenaba como profanación abominable. Aunque valiéndose de términos más rudos, él razonaba de esta suerte. Algo dormía aún en Silveria, y era cruel romper bruscamente su sueño de ángel; era impío, sin aguardar a que ella misma bajase del cielo a cumplir su misión, lanzarla de repente en la tierra, por grandes que fuesen las venturas con que la tierra le brindara.

Convenía, por otra parte, que aquella rosa temprana desplegase sus pétalos con todo reposo y no diese precipitadamente el aroma y la miel de su cáliz. El Indiano alegaba, por último, que no era de temer que su hija perdiese la ocasión. Por su simpar belleza podía aspirar a enlazarse con un príncipe; y como, además, el Indiano había administrado bien su caudal, había ahorrado bastante y podía dotar a Silveria con generosa esplendidez;

siempre que se lo propusiese acudirían los novios a bandadas como los gorriones al trigo.

No se sabe si los razonamientos del Indiano convencieron o no a su mujer; pero ella hubo de someterse, según tenía de costumbre.

Silveria continuó, pues, selvática y casi retraída de toda convivencia y trato de gentes, como paloma torcaz, como escondida flor del desierto.

En una tarde apacible del mes de mayo subió Silveria al castillo a ver al anciano Juan, que allí vivía solo.

Extraordinarios fueron su júbilo y su sorpresa cuando supo que la noche anterior, sin previo aviso, había llegado Ricardo después de cinco años de ausente.

Como cuando ella tenía once años, con igual sencillez, si bien con mayor ímpetu, apartó Silveria al criado, corrió por la escalera arriba, y, conmovida, jadeante y bañadas las mejillas en encendido carmín, se lanzó en la sala, donde, por dicha, se encontraba el poeta.

Recordando entonces, de súbito, el saludo angélico de la noche de Navidad, le repitió, diciendo:

—¡Gloria a Dios en las alturas y paz en la tierra a los hombres de buena voluntad!

Pasmado, mudo, extático se quedó él, como si una portentosa deidad hubiera llegado a visitarle.

—¿Qué..., no me conoces? —añadió ella.

Y se arrojó cariñosamente en sus brazos.

Él la apartó de sí blandamente, con honrado temor, y con una admiración y un asombro que Silveria no comprendía.

—¿No eres ya mi hermano? —le dijo melancólicamente.

Entonces le contempló por breve espacio, y creyó advertir que una nube de tristeza velaba su faz; pero halló su faz aún más hermosa que en los antiguos días.

Ricardo tomó con afecto en sus manos las manos de ella, y le habló de cosas que ella escuchó con entreabierta boca y con ojos que, por el interés y el espanto con que le miraba y le oía, parecían más dulces y más luminosos y grandes.

Silveria no entendió bien todo el sentido de lo que él decía; pero percibió que se lamentaba de que era muy desventurado, de que ya no podía hacer dichosa a mujer alguna, de que su corazón estaba marchito, y de que, si bien el Hechicero podía volverle aún toda su juvenil lozanía, le había buscado en vano en sus largas peregrinaciones y no había podido hallarle.

En extremo afligieron a Silveria tan dolorosas confesiones. Dos gruesas lágrimas brotaron de sus ojos y se deslizaron por sus frescas mejillas.

Ansiando luego consolar al poeta, y con el mismo candor, con el mismo abandono purísimo con que ella acariciaba a su madre, se acercó a él y empezó a hacerle caricias.

En aquel punto, y con disgusto idéntico al que siente quien recela que alguien trata de impulsarle a cometer un crimen, Ricardo rechazó violentamente a Silveria, exclamando:

—¡No me toques! ¡No me beses! ¡Vete pronto de aquí!

La gentil moza, sin penetrar el motivo de aquellos aparentes y generosos desdenes, se consideró profundamente agraviada.

No se quejó; no rogó; no lloró. Su soberbia cegó la fuente del llanto y ahogó los ruegos y las quejas; pero huyó, volando como lastimada paloma, escapando como cierva herida por emponzoñada flecha clavada en las entrañas.

En hondo estupor había caído el poeta al notar el efecto desastroso del desvío que acababa de mostrar por un irreflexivo primer movimiento.

Apenas volvió en sí, fuerza es confesar que desechó todos los escrúpulos y se arrepintió y hasta se avergonzó de su conducta. Se rió de sí mismo con risa nerviosa y se calificó de imbécil.

A fin de enmendar la que ya juzgaba falta, salió corriendo en pos de Silveria, pero era tarde.

¿Cómo descubrir sus huellas? ¿Cómo reconocer el sendero por donde había huido? El bosque era espesísimo y dilatado. Ricardo vagaba por aquel laberinto; llamaba a voces a Silveria, y el eco solo le respondía.

Pronto llegó la noche sin Luna y con nubes que ocultaban la luz de las estrellas. Completa oscuridad reinaba en el bosque. Tal vez rompía su solemne silencio el silbar de las lechuzas o el tenue gemido del viento manso que agitaba por momentos las hojas.

En los giros y rodeos, que iba dando como loco, vino a parar el poeta cerca de la alquería.

Alegres presentimientos y gratos planes le volvieron de súbito la serenidad.

«Silveria —pensaba él— no se habrá ido a otra parte. Debe de hallarse en su casa. Entraré allí; informaré de todo a los padres, y delante de ellos pediré perdón a Silveria, asegurándole que, lejos de desdeñarla, soy suyo para siempre.»

En la alquería ignoraban aún la vuelta del poeta.

Con singular asombro recibieron el Indiano y su mujer a un hombre a quien solo de oídas conocían y de quien apenas habían oído hablar en más de cinco años. Pero todo era allí consternación y alboroto. El Indiano acababa de llegar de una larga excursión, y su mujer le había dicho, llorando y sollozando, que Silveria no había vuelto; que Silveria no parecía. Sin más explicaciones, porque no lo consintió la zozobra con que estaban, todos salieron de nuevo al campo a buscar a Silveria.

Inútilmente anduvieron buscándola hasta el amanecer. El día los sorprendió rendidos y desesperados.

La madre imaginaba que el Hechicero le había robado a su hija; el Indiano que se la habían comido los lobos; los criados que se la había tragado la tierra.

Sospechando que se hubiera podido caer en los estanques, revolvieron las aguas y sondearon el fondo sin dar con ella ni muerta ni viva.

Durante todo aquel día, sin reposar apenas, los amos y los dos criados hicieron pesquisas y como un ojeo por varios puntos del bosque, que se extendía leguas.

A las poblaciones más cercanas enviaron avisos de la fuga, con las señas de la fugitiva; ¡pero nada valió! Y aunque entonces no había telégrafos, ni teléfonos, y o no había policía o andaba menos lista que ahora, se empleó tanta diligencia en buscar a Silveria, que al persistir su desaparición, adquiría visos y vislumbres de milagrosa o dígase de fuera del orden natural y ordinario.

Retrocedamos ya al tiempo, en que nos hemos adelantado, y volvamos a cuando huyó Silveria, juzgándose agraviada.

Delirante de rabia y despecho, corrió primero, sin parar y sin saber por donde, internándose en un agreste e intrincado laberinto, por el cual no había ido jamás, y donde no había sendas ni rastro de pies humanos, sino abundancia de brezos, helechos, jaras y otras plantas, que entre los árboles crecían, formando enmarañados matorrales.

Se detuvo un rato, reflexionó y reconoció que se había perdido.

La asaltó grandísimo temor, figurándose el horrible pesar que iba a dar a sus padres si no volvía pronto a su casa.

Pugnó por volver, buscó el camino, se dirigió, ya por un lado, ya por otro; pero a cada paso se desorientaba más y se veía en más desconocido terreno...

La esquividad de aquellos sitios se hizo pronto más temerosa y solemne. Oscurísima noche sorprendió en ellos a Silveria.

Por fortuna, Silveria no sabía lo que era miedo. A pesar de su dolor y de su enojo, gustaba cierto sublime deleite al sentirse circundada de tinieblas y de misterio en medio de lo inexplorado. Quizá el Hechicero iba a aparecérsele allí de repente.

Ideas y sentimientos muy distintos surgieron en su alma. La ira contra el poeta se trocó en piedad. Le creyó enfermo del corazón; le perdonó; disculpó su desvío.

El Hechicero había causado aquel mal, y era menester que el Hechicero le trajese remedio.

Entonces improvisó Silveria una atrevida evocación, un imperioso conjuro, y dijo en alta voz y con valentía:

—¡Acude, acude, Hechicero, para consolar y sanar a mi poeta y hacerle dichoso!

La voz se desvaneció en las tinieblas, sin respuesta ni eco, restaurándose el silencio. La creación entera dormía o estaba muda y sorda.

Nuestra heroína siguió marchando a la ventura, si bien con lentitud. Sus pupilas se habían dilatado y casi veía en la oscuridad. Iba, pues, salvando dificultades y tropiezos, cruzando por entre malezas y riscos, y subiendo y bajando cuestas, porque el suelo era cada vez más agrio y quebrado.

Al fin empezó a alborear.

La fatiga de Silveria era inmensa. No podía tenerse de pie. Logró, no obstante, encaramarse en un peñón, donde se consideró defendida de la humedad, y, confiando en la protección de los cielos, buscó reposo y pronto se quedó dormida.

Sus ensueños no fueron lúgubres. Acaso eran de feliz agüero y se prestaban a interpretación favorable.

Soñó que, mientras su madre le enseñaba a leer en libros devotos, vinieron los genios del aire y se la llevaron volando para enseñarle más sabrosa lectura en el cifrado y sellado libro de naturaleza, cuyos sellos rompieron, abriéndole, a fin de que ella le descifrase y leyese.

Cuando despertó, el Sol resplandecía, culminando en el éter. Sus ardientes rayos lo bañaban, lo regocijaban y lo doraban todo.

Ella se restregó los ojos y miró alrededor. Se encontró en honda cañada. Por todas partes, peñascos y breñas. Los picos de los cerros limitaban el horizonte. Aquel lugar debía de ser el riñón de la serranía. Silveria creyó casi imposible haber llegado hasta allí, sin rodar por un precipicio, sin destrozarse el cuerpo entre los espinos y las jaras, o sin el auxilio de aquellos genios del aire con que había soñado.

¿Para qué detenerse en aquel desierto? Con nuevos bríos, aunque sin saber adónde, prosiguió Silveria su camino.

Después de andar más de dos horas, encontró una estrecha senda, que le pareció algo trillada. Formaba toldo a la senda la tupida frondosidad de gigantescos árboles. Apenas algunos sutiles rayos de Sol se filtraban a través de las ramas.

Subiendo iba Silveria una cuestecilla, cuando oyó muy cerca los lamentables aullidos de un perro. Precipitó su marcha, llegó al viso, donde había un altozano, y vio por bajo un grupo de chozas.

Junto a las chozas, armadas de sendas estacas, cinco mujeres, desgreñadas y mugrientas, o más bien cinco furias, rodeaban a un perro y le mataban a palos. Catorce o quince chiquillos, cubiertos de harapos y de tizne, celebraban con descompuestos gritos de cruel alegría aquella ejecución desapiadada.

A cierta distancia venía un pobre viejo, de blanca y luenga barba, con un puñal desnudo en la mano, corriendo hacia las mujeres para defender o vengar al perro.

Llevaba un violín colgado a la espalda, y estaba ciego. Era un músico ambulante.

Las mujeres se retiraron hacia las chozas, viéndole venir. Los chiquillos, puestos en hilera, la emprendieron con él a pedradas. Uno de ellos se revolcaba por el suelo y chillaba como un energúmeno. El perro, acosado por todos, le había dado un pequeño mordisco, motivando así la ira de las mujeres y la canina tragedia.

El ciego llegó tarde. El perro había quedado muerto.

Derribándose sobre él el anciano, hizo tales lamentaciones y vertió llanto tan desconsolador, que algo mitigó la ferocidad de aquella gente. Los chiquillos dejaron de tirarle piedras; pero ellos y sus madres continuaron insultándole de palabra.

Le llamaban brujo, mendigo sin vergüenza y hechicero maldito. En esto llegó Silveria, imprevisto y raro personaje en medio de tal escena.

Por salvadora ventura pudo tenerse que los maridos y padres de aquella desarrapada y turbulenta grey, los cuales, bajo la traza de carboneros y leñadores, tal vez eran contrabandistas o bandidos, hubiesen ido lejos, aquel día, a ejercer sus industrias o a entregarse a sus merodeos. Si hubieran estado allí, el ciego y Silveria, que se puso a defenderle, muy animosa, hubieran corrido grave peligro, porque aquellos hombres habían de ser maleantes y desalmados.

Como quiera que fuese, Silveria, convirtiéndose en denodada amazona, se apoderó del arma, que el viejo no sabía esgrimir a causa de su debilidad y de su ceguera, y creyó y aseguró que tendría a raya a toda la chusma.

Lo prudente, sin embargo, era emprender una pronta retirada. El ciego lo pedía así, diciendo con voz temblorosa a Silveria:

—Vámonos, hija mía; me estoy muriendo; apenas puedo andar. Tú eres un ángel. Sírveme de guía y de apoyo. Yo te marcaré el camino que importa seguir, y tú le verás, le distinguirás con tus ojos, que han de ser muy hermosos, y me llevarás por él hasta llegar a un sitio donde aguarde yo con reposo mi muerte, ya cercana.

El viejo, en efecto, tenía el semblante de un moribundo. Violentas pasiones y continuos padecimientos, físicos y morales, habían gastado su vida.

—Sin el perro —dijo— no podía yo irme, si tú, hija mía, no hubieses venido en mi socorro. Ayúdame a llegar a la casa, donde tengo albergue y refugio. No dista mucho de aquí, y, con todo, no sé si llegaré con vida; las fuerzas me faltan.

Silveria, llena de caridad, sostuvo al viejo, y éste, apoyado en su báculo y en el brazo de Silveria, a quien indicaba la vía, fue andando en compañía de la gallarda joven.

Durante el viaje, le hizo el viejo pasmosas confidencias.

—Apenas me hablaste —le dijo—, te reconocí por la voz. Pensé que oía a tu madre, cuando, hace veinte años, ella misma, engañándose, me persuadía con dulces palabras de que me quería bien, y me halagaba con la esperanza de ser mi esposa. Pero, en mal hora para mí, vino al lugar el Indiano. Tu madre se prendó de él perdidamente. Yo la perdono. Comprendo que no tuvo ella la culpa de mi infortunio, sino la influencia invendible de nuestro sino. Entonces mi alma era más fervorosa y enérgica. Mi alma era injusta, y no la perdonaba. No pocas veces proyecté robarla o matarla, y me disuadía y me arredraba luego mi honradez... o mi cobardía. Como demente, vagaba yo en torno de vuestra alquería. Me ocultaba en el castillo. Atormentaba a tu madre como un vivo remordimiento; la asustaba haciéndole creer que el hechicero era yo. Dios, sin duda, quiso castigarme, y me dejó ciego. En adelante, no ronde más en torno de vuestra alquería. Mi vida fue cada vez más desastrosa. Viví errando por montes y valles, tocando mi violín y pordioseando.

Las revelaciones del viejo, su sórdida miseria y las mismas enfermedades, que se estaba notando que le abrumaban bajo su peso, infundían a Silveria repulsión poderosa; pero, en su noble espíritu, podía más la compasión, y la excitaba a no abandonar al desvalido hasta que le dejase en salvo.

Silveria, además, no acertó a resistir a las insistentes preguntas del mendigo, y le contó su vida, su fuga y su empeño de hallar al hechicero para sanar y consolar al poeta.

Entre tanto, la peregrinación continuaba, con trabajosa lentitud, por sitios cada vez más escabrosos. Se habían internado en un estrecho y hondo desfiladero. Por ambos lados se erguían montañas inaccesibles, tajados peñascos, por donde no lograrían trepar ni las cabras montesas. La fértil vegetación espontánea revestía todo aquello de bravía hermosura, que causaba a la vez susto y deleitoso pasmo.

A menudo el viejo se paraba fatigadísimo; se echaba por tierra y reposaba.

En uno de estos momentos de reposo sacó de su zurrón algunos mendrugos de pan bazo y varias rajas de queso, y, al borde de una fuentecilla, compartió con la joven su poco apetitosa y rústica merienda. En otros momentos, Silveria se rindió al sueño y se recobró de su cansancio.

La noche llegó al cabo, con aterradora lobreguez.

—Todavía nos queda bastante que andar —dijo el viejo.

Y sacando del zurrón una linternilla y de la faltriquera eslabón, pedernal, yesca y pajuela, encendió un cabo de vela que dentro de la linternilla estaba colocado. Después entregó a Silveria la linternilla y otros cabos de vela, de que venía provisto, para cuando el que estaba ardiendo se consumiera.

De esta suerte siguieron caminando.

Sería ya cerca de media noche, cuando oyó Silveria ruido de aguas abundantes, que corrían con rapidez, despeñándose entre las rocas.

—Ya estamos a pocos pasos de mi casa —dijo el ciego—. Yo vivo con mi hermana, que es más vieja que yo. Su carácter es violento y avinagrado. Odiaba a tu madre. No quiero que te vea. Podría reconocerte y hacerte daño. Sus hijos, además, son dos forajidos, y de ellos debo recelar lo peor. No bien lleguemos a la orilla del río, es necesario que me dejes. Yo, siguiendo la corriente, me iré sin dificultad a la casa, que dista de allí poquísimo. Tú, ya sola, seguirás andando con valor contra el curso del agua, y procurando no encontrar a ningún ser humano. La linternilla te alumbrará. Al fin llegarás al nacimiento del río, que brota entre las peñas. A poca distancia del gran manantial, si buscas bien, verás la entrada de la caverna. Entra denodadamente; llega hasta el fondo, y yo te aseguro y anuncio que encontrarás al hechicero, según lo deseas.

Pronto llegaron, en efecto, a la misma margen de aquel riachuelo apresurado. Allí se escabulló el vicio; se desvaneció en la oscuridad como soñada visión aérea. Silveria se quedó completamente sola.

Su peregrinación fue más penosa y más arriesgada que antes, por espacio de algunas horas. El casi borrado sendero por donde Silveria iba se levantaba, en no pocos puntos, sobre el nivel del agua, de la que le separaba un negro precipicio. La garganta de las sierras, en que el río había abierto su cauce, se estrechaba cada vez más, y la cima de los montes parecía elevarse, dejando ver menos cielo y menos estrellas.

Amaneció, por último, y penetró en aquella hondonada la incierta luz de la aurora.

Todo se alegró y animó al ir disipándose la oscuridad. Despertaron las aves y saludaron con sus trinos el naciente día.

Silveria llegó entonces al manantial. Brotaba con ímpetu y en gran cantidad la cristalina masa de agua entre enormes y pelados peñascos. Por todas partes se alzaban como colosales paredes los escarpados cerros. La joven se creía sumida en un grande hoyo, porque las revueltas del camino le encubrían el lugar de su ingreso.

Buscó ella con ansia la gruta, y apartando ramas y zarzas, que la celaban algo, vino al fin a dar con la entrada.

Sin vacilar un instante, y con heroica valentía, penetró en el subterráneo, espantando a los búhos y murciélagos que allí anidaban, y que oseados huyeron.

Transcurridos ya más de veinte minutos de marchar en las sombras, un tanto iluminadas por la linternilla, y de seguir un camino tortuoso, viendo Silveria que no llegaba al término, se impacientó, recordó su evocación y gritó con coraje:

—¡Acude, acude, hechicero, para sanar y consolar a mi poeta!

Nadie respondió a la evocación, que retumbó repercutiendo en aquellos huecos y recodos.

El último cabo de vela que en la linterna ardía chisporroteó y acabó de consumirse. La audaz peregrina quedó envuelta en las tinieblas más profundas.

Se adelantó a tientas; iba cuesta arriba; la cuesta era más empinada mientras más se elevaba. El techo de la gruta se hacía más bajo. Silveria tenía que andar agachadísima y tocando en el techo con las manos para no tocarle con la cabeza.

De pronto notó en el techo, en vez de piedra, madera. Palpó con cuidado, y advirtió que eran tablas trabadas con dos barras de hierro. Palpó con mayor atención, y descubrió que las tablas estaban asidas al techo de la gruta por cuatro fuertes goznes.

Subió entonces tres escalones en que terminaba la cuesta, aplicó la espalda al tablón y empujó con brío.

El tablón no tenía candado ni cerradura. No había llave que pudiese estar echada; pero el tablón se resistía al empuje de Silveria, que casi desesperó de levantarle.

Hizo, no obstante, un supremo esfuerzo, y el tablón se levantó, girando sobre los goznes, volcándose de un lado y dejando entrar por la ancha abertura alguna tierra con ortigas, jaramagos y otras pequeñas plantas de que estaba cubierta. La hermosa luz del claro día bañó al mismo tiempo aquella extremidad de la gruta.

—¡Alabado sea Dios! —exclamó Silveria.

Y, saltando alborozada, se encontró en un abandonado e inculto jardincillo, cercado de muy altas murallas, sin ventana alguna.

Solo divisó, junto a un ángulo de aquel cuadrado recinto, un pequeño arco ojival, y bajo el arco, las primeras gradas de una angostísima escalera de caracol.

A escape pasó ella bajo el arco y subió por la escalera hasta una puertecilla, cerrada con la llave, en que la escalera terminaba.

A pesar de las penalidades y emociones de la aventurada peregrinación, Silveria estaba preciosa de beldad, en su mismo desorden. La rubia cabellera, medio destrenzada y caída; las mejillas, rojas con la agitación; el pecho, levantándose con fuertes latidos, y los ojos, con más brillantez que de ordinario, por leve cerco morado con que la fatiga le había teñido los párpados, al borde de las largas y sedosas pestañas.

Impaciente y contrariada Silveria por el obstáculo que se le ofrecía, golpeó la puertecilla con furor, sacudiendo sobre ella, con la pequeña y linda mano que parecía inverosímil que tamaña fuerza tuviera, los más desaforados y resonantes puñetazos.

Tardaron en abrir, y creció su impaciencia. Volvió a golpear. Luego recordó la evocación, y empezó a recitarla gritando:

—Acude, acude, hechicero...

No tuvo tiempo para concluirla. La puertecilla se abrió de súbito, de par en par, y Silveria vio delante a su poeta, lleno del mismo júbilo que ella sentía.

Lanzó Silveria alrededor una rápida mirada, y reconoció la sala del castillo donde escribía Ricardo y donde ella le había visitado tantas veces.

Quiso entonces, por gracia, repetir la evocación, y empezó a decir nuevamente:

—Acude, acude, hechicero...

Pero tampoco pudo terminar.

Ricardo le selló la boca con un beso prolongadísimo y la ciñó apretadamente entre los brazos para que ya no se le escapase.

Ella le miró un instante con lánguida ternura, y cerró después los ojos como en un desmayo.

Los pájaros, las mariposas, las flores, las estrellas, las fuentes, el Sol, la primavera con sus galas, todas las pompas, músicas, glorias y riquezas del mundo imaginó ella que se veían, que se oían y que se gozaban, doscientas mil veces mejor que en la realidad externa, en lo más íntimo y secreto de su alma, sublimada y miríficamente ilustrada en aquella ocasión por la magia soberana del hechicero.

Silveria le había encontrado, al fin, propicio y no contrario. Y él, como merecido premio de la alta empresa, tenaz y valerosamente lograda, hacía en favor de Silveria y de Ricardo sus milagros más beatíficos y deseables.

No nos maravillemos, pues (y hasta válganos lo expuesto para disculpar a Silveria y al poeta), de que no fuesen, sino tres horas más tarde, a ver al Indiano y a su mujer, y a sacarlos de la angustia en que vivían.

Indescriptibles fueron la satisfacción y el contento de ambos cuando volvieron a ver sana y salva a su hija, y asimismo se enteraron de que, sin necesidad de ir a la cercana aldea ni a ninguna otra población, como la madre pretendía, sino en el centro de aquellas esquivas soledades, Silveria había hallado novio muy guapo, según su corazón, conforme con su gusto, y con aptitud y capacidad harto probadas, para toda poesía y aun para toda prosa.

Ojalá que cuantos busquen con inocencia y con buena fe al hechicero, le hallen tan benigno como le hallaron Silveria y Ricardo, y le conserven la vida entera en su compañía, como le conservaron ellos.

Viena, 1894.

Libros a la carta

A la carta es un servicio especializado para

empresas,

librerías,

bibliotecas,

editoriales

y centros de enseñanza;

y permite confeccionar libros que, por su formato y concepción, sirven a los propósitos más específicos de estas instituciones.

Las empresas nos encargan ediciones personalizadas para marketing editorial o para regalos institucionales. Y los interesados solicitan, a título personal, ediciones antiguas, o no disponibles en el mercado; y las acompañan con notas y comentarios críticos.

Las ediciones tienen como apoyo un libro de estilo con todo tipo de referencias sobre los criterios de tratamiento tipográfico aplicados a nuestros libros que puede ser consultado en Linkgua-ediciones.com.

Linkgua edita por encargo diferentes versiones de una misma obra con distintos tratamientos ortotipográficos (actualizaciones de carácter divulgativo de un clásico, o versiones estrictamente fieles a la edición original de referencia).

Este servicio de ediciones a la carta le permitirá, si usted se dedica a la enseñanza, tener una forma de hacer pública su interpretación de un texto y, sobre una versión digitalizada «base», usted podrá introducir interpretaciones del texto fuente. Es un tópico que los profesores denuncien en clase los desmanes de una edición, o vayan comentando errores de interpretación de un texto y esta es una solución útil a esa necesidad del mundo académico.

Asimismo publicamos de manera sistemática, en un mismo catálogo, tesis doctorales y actas de congresos académicos, que son distribuidas a través de nuestra Web.

El servicio de «libros a la carta» funciona de dos formas.

1. Tenemos un fondo de libros digitalizados que usted puede personalizar en tiradas de al menos cinco ejemplares. Estas personalizaciones pueden ser de todo tipo: añadir notas de clase para uso de un grupo de estudiantes,

introducir logos corporativos para uso con fines de marketing empresarial, etc. etc.

2. Buscamos libros descatalogados de otras editoriales y los reeditamos en tiradas cortas a petición de un cliente.

www.ingramcontent.com/pod-product-compliance
Lightning Source LLC
Chambersburg PA
CBHW020610130626
46552CB00007B/3133